Der Knochenmörder:

Ein Elektrisierender Thriller Voller Spannung und Geheimnisse

Gian Marcos

Für Ale, der meine Welt verändert hat.

"Sie sagen, ich habe unschuldiges Blut vergossen... aber was nützt das Blut, wenn es nicht vergossen werden soll?
Candyman

Vorwort

Es war ein nicht gekennzeichneter Wagen, ein schwarzer Nissan Sentra mit einigen Jahrzehnten auf dem Buckel, mitten auf dem Parkplatz des größten Einkaufszentrums von Columbia Washington. Um ihn herum waren Dutzende von Polizeibeamten zu sehen, die den Bereich mit gelbem Klebeband absperrten. Aus der Ferne könnte man meinen, es handele sich um einen gewöhnlichen Mordfall, aber das Erstaunen auf den Gesichtern einiger der Polizisten in der Nähe deutete darauf hin, dass es sich um etwas viel Schlimmeres als einen einfachen Mord handelte.

Index

Panik

Es war ein nicht gekennzeichneter Wagen, ein schwarzer Nissan Sentra mit ein paar Jahrzehnten auf dem Buckel, mitten auf dem Parkplatz des größten Einkaufszentrums in Columbia Washington. Um ihn herum waren Dutzende von Polizeibeamten zu sehen, die den Bereich mit gelbem Klebeband absperrten. Aus der Ferne könnte man meinen, es handele sich um einen gewöhnlichen Mordfall, aber das Erstaunen in den Gesichtern einiger Polizisten in der Nähe deutete darauf hin, dass es sich um etwas viel Schlimmeres als einen einfachen Mord handelte.

-Oh, mein Gott! Ich glaube, mir wird schlecht", sagte Constable Tom Logan nur einen halben Meter von der weiblichen Leiche in dem Nissan entfernt. Etwas abseits saß Chief Inspector Richard Martel und zog seine Schlüsse und betrachtete Teile des Wagens, als würde er versuchen, sich ein Bild von der ganzen Szene zu machen.

-Wer auch immer diese Brutalität begangen hat, ist jenseits von Hass", kommentierte er und ging sofort nach hinten, als Lisa Owen, die Leiterin der kriminaltechnischen Abteilung, eintraf.

- Da sind Sie ja endlich", murmelte der Inspektor, "wir haben auf Sie gewartet, wir konnten nicht gehen, ohne dass Sie Ihre Arbeit getan haben.

Sie winkte ihm zu und machte ein grimmiges Gesicht, als sie sich auf den etwa drei Meter entfernten Nissan zubewegte, und rief dann aus - es war eine anstrengende Nacht für die zweite Schicht, sie hat gerade einen weiteren Tatort verlassen, und....

Richard konnte den Schock, den er auf Owens Gesicht sah, kaum ertragen, als er an den Beamten vorbeiging, die Tom begleiteten. Natürlich war es keine normale Reaktion, denn obwohl der Körper der Frau schrecklich aussah, hatte Lisa mehr als sechs Jahre Erfahrung und das hätte sie nicht so fertig machen dürfen, aber was sie sofort zum Ausdruck brachte, verblüffte die beiden Inspektoren.

-Das kann nicht sein", sagte er in lautem Ton. -Was ist denn hier los? -Hinter ihm ertönte sofort ein Chor, während auf der anderen Seite des Fahrzeugs die Assistenten der Spurensicherung ihre Arbeit verrichteten und versuchten, Beweise aus der Umgebung zu sammeln.

-Zweifellos hat das Mädchen, das unter der Brücke, aus der ich komme, ermordet wurde, dieselben Spuren und Zeichen der Folter an ihrem Körper ... und ich sehe, dass sie auf dieselbe grausame Weise getötet wurde.

-Als ich im Büro ankam, wurde mir von einem Mord auf der Westseite erzählt, Inspektor Mark ist der Täter, aber ich hätte nie gedacht, dass...", kommentierte Richard, ohne den Satz zu beenden.

-Alles deutet auf... einen Serienmörder hin", sagte Tom zögernd.

-Es ist zu früh, um das zu sagen, wir werden sehen", antwortete Lisa, während sie allen Polizisten und Inspektoren befahl, sich zurückzuhalten und sie arbeiten zu lassen.

Richard und seine Begleiter standen außerhalb des Kreises aus gelben Bändern und sahen erwartungsvoll zu, wie die Gerichtsmedizinerin und ihr Team die offensichtlichsten

Beweise sammelten, um Hinweise auf die Täter dieses ungewöhnlichen Verbrechens zu erhalten, und dann im Labor das Fahrzeug gründlich untersuchten.

Im Inneren des alten Wagens konnte man einen nackten weiblichen Körper sehen, der an Kopf und Fuß gefesselt war und am ganzen Körper seltsame Spuren aufwies, als wären sie von einer Art heißer Kohlen und Messerschnitten verursacht worden. Das Genick war komplett nach hinten gebrochen. Das Gesicht war zwar geschwollen, trug aber immer noch einen unbeschreiblichen Schrecken über die Demütigungen und Qualen, die der Mörder ihm zugefügt hatte. Obwohl sie Spuren von Folter und Zerstückelung trug, gab es etwas, das auf den ersten Blick ungewöhnlich war: eine Metallstange, die sie anal durchbohrte und einige Zentimeter aus der Seite ihres Mundes herausragte. Es war ein erschreckender Anblick, ein seltener Anblick in der Geschichte der Stadt, geschweige denn für Inspektor Richard und seinen Kollegen.

Haben Sie eine Idee, Chef?", sagte Tom Logan, ein 33-jähriger Polizeibeamter, der nach diesem unerwarteten ersten Eindruck schon etwas ruhiger wirkte. Richard antwortete nicht mit Worten, er schüttelte nur leicht den Kopf, seine Gedanken setzten sich in Bewegung, fragten und beantworteten sich in seinem Kopf, wie dieser mysteriöse und schwierig aussehende Fall zu lösen sei. Zwei Todesfälle auf dieselbe Weise deuteten darauf hin, dass es sich nicht um einen einfachen Mord infolge eines Raubüberfalls oder einer Abrechnung mit Geld handelte, denn erfahrungsgemäß werden Menschen nicht aus solchen Gründen umgebracht. Zwar könnte es sich auch um das Produkt eines kranken Geistes handeln, aber das war der Knackpunkt des Falles.

-Wir müssen diesen Fall lösen, sonst werden wir unter Druck gesetzt", sagte Inspektor Tom plötzlich, und ein anderer Beamter auf der linken Seite, der Protokoll führte, nickte. Dann fügte Richard hinzu.

-Nicht umsonst befinden wir uns in der wichtigsten Stadt der Welt und in dem Bereich, in dem das Weiße Haus und der Präsident tätig sind, und Sie wissen, wenn sich solche Fälle wiederholen, werden unsere Köpfe in ein paar Tagen im Fernsehen erklären, warum wir die verantwortliche Person nicht finden können. Ich hoffe nur, dass Dr. Owen uns einige Hinweise geben kann, obwohl....

Gerade als er seine Dissertation beenden wollte, wurde er plötzlich von einem Anruf auf seinem Mobiltelefon unterbrochen, den er sofort annahm, und eine unbekannte Stimme wiederholte im Flüsterton einen Satz: "Ich weiß, wer es ist, er ist es... Ich weiß, wer es ist, er ist es...". Bevor er antworten konnte, legte der Unbekannte auf und ließ den Detektiv verblüfft zurück.

-Was ist los? Sag mir nicht, dass es Dilan der Boss ist", fragte sein Partner und schüttelte den Kopf.

- Warum machst du dann so ein Gesicht? Sag mir nicht, dass deine Freundin dich so früh am Morgen gescholten hat.

-Nein, nein, so ist es nicht... Sie werden es nicht glauben", antwortete er, während ihm das Wasser im Mund zusammenlief und er einen Blick auf die Spurensicherung warf, dann antwortete er trocken und sah Tom an. - Ein Anruf von einer männlichen Stimme, die weiß, wer es war.

-Was! Aber woher kennt er die Nummer...", kommentierte Logan und warf einen flüchtigen Blick auf die Allee von Hunderten von Autos, die wahrscheinlich auf dem Weg zur

Arbeit waren. Als ob er irgendwie dachte, dass der Mörder oder wer auch immer es war, der seinen Partner angerufen hatte, mitten im Stau stand und ihnen nachstellte. Obwohl, um die Wahrheit zu sagen, es war nur eine unbegründete Idee.

Ich weiß nicht..., aber wir müssen dieses Telefon in die IT-Abteilung bringen, auch wenn es eine private Nummer ist, Bobby, der Spezialist in diesem Bereich wird zumindest wissen, woher der Anruf kam. Ich denke, wir müssen gehen, und dann wird der Arzt uns den Bericht schicken, wenn es irgendwelche Neuigkeiten gibt, oder wir werden ihn durchgehen.

Tom nickte und sie alarmierten sofort den Gerichtsmediziner und gaben einigen ihrer untergeordneten Beamten Anweisungen, den Tatort weiter zu untersuchen.

Es gab nicht viel zu überlegen, er musste sofort handeln, denn abgesehen davon, dass diese weiblichen Todesopfer eine Abrechnung mit Geld oder Drogen sein könnten, könnte die Art und Weise, wie sie hingerichtet wurden, auch darauf hindeuten, dass es sich um das Werk eines Psychopathen im südlichen Teil der Stadt handeln könnte, wo sie sich aufhielten; das wichtigste Gebiet, was mit El Capitolio, La Casablanca und El Congreso zu tun hatte. Und wenn sich das ausbreitete, würde der Druck auf den polizeilichen Ermittlungsbereich, den Richard in diesem Gebiet vertrat, sehr groß werden. Außerdem passte es ihm nicht, denn er hatte vor, für einen Sitz im Senat des Bundesstaates Kolumbien in der Kongresskammer zu kämpfen, und wenn der Fall nicht bald gelöst würde, könnte es ihm in der Öffentlichkeit schaden.

Richard, 38, war ein hochdekorierter Ex-Soldat, der im Alter von 27 Jahren von strategischen Einsätzen beim Militär zur Polizei gewechselt war und sich in den nächsten zehn Jahren einen Namen für seine Fähigkeit gemacht hatte, Fälle zu lösen und die Stadt relativ sicher zu halten. Das ungewöhnliche Verbrechen an den beiden Frauen war etwas, das die Polizei, die er vertrat, alarmierte, denn in der ganzen Stadt gab es nur alle drei Tage einen Mord. Im Durchschnitt sind es 180 pro Jahr. Aber die Art und Weise, wie sie hingerichtet wurden, und der geringe Abstand von drei Kilometern zwischen ihnen gaben Anlass zum Nachdenken.

Columbia Corps Central Office of Computer Intelligence Washington 13 November 11:24 AM

Ich hoffe, Sie haben gute Nachrichten für mich", rief Martel, der an der Empfangstheke des Computer-Intelligence-Bereichs lehnte, in dem der 45-jährige Bobby das Sagen hatte, und der bereits auf der anderen Seite auf sie wartete und sie aufforderte, durch eine gehärtete Glastür zu gehen, woraufhin die beiden Kollegen ihm in sein Büro ein paar Meter weiter den Flur hinunter folgten. Bevor er sich an seinen großen ovalen Schreibtisch setzte, sagte er: "Ich freue mich, dass Sie hier sind, es ist schon eine Weile her, dass Sie hier waren, kommen Sie! Setzen Sie sich, ich habe einige interessante Fakten über das Telefon, das Sie gestern hinterlassen haben.

Martel und Owen nahmen daraufhin Platz und waren gespannt auf den Ursprung des mysteriösen Anrufs, der möglicherweise mit dem verhängnisvollen Verbrechen vom Vorabend zusammenhängen könnte.

-Etwas ungewöhnlich, Richard", kommentierte Bobby, während er einige Daten auf einer Reihe von Computern vor ihm analysierte, und dann sagte er: "Die Person, die Ihre

Nummer angerufen hat, kam laut den Daten, die auf Ihrem Mobiltelefon aufgezeichnet wurden, von genau dem Münztelefon Nr. 424, das sich 65 Meter von der Washingtoner Nationalkathedrale entfernt befindet... hmmm, wir sprechen von etwa fünfzehn Minuten von hier.

-Neugierig, denken Sie, dass er der Mörder sein könnte? -fragte Logan, ohne zu sagen, wer.

-Ich weiß nicht, das ist dein Job", antwortete Bobby in dem scherzhaften Ton, den er immer anschlug.

-Er war vorsichtig, denn es waren nicht einmal mehr als zwölf Sekunden, er hatte Angst, aufgespürt zu werden. -fügte der Informatiker und Cybersicherheitsexperte hinzu.

-Dann haben wir nichts Konkretes", sagte Richard in einem vorhersehbaren Ton.

-Nein, nein, ich habe etwas Besseres", antwortete er und zeigte auf einen riesigen Bildschirm hinter den beiden Inspektoren, die ihre Hälse reckten, um zu sehen, was auf dem Bildschirm zu sehen war.

-Wer ist es? -fragte Logan.

-Derjenige, der den Anruf getätigt hat", antwortete der Ingenieur.

-Was! -Richard rief aus.

-Es ist sehr typisch für Fälle wie diesen, dass die Beteiligten Münztelefone benutzen, also habe ich aus offensichtlichen Gründen auf die Kameras in der Gegend zugegriffen, aus der der Anruf kam, und es gab nur dieses eine, das Münztelefon Nr. 424... und aus offensichtlichen Gründen gab es direkt vor der Washington National Church eine Überwachungskamera und..., leider ist auf dem Video nur sein unscharfer Rücken zu sehen, weil der große Baum vor der Kamera ihn davor bewahrt hat, vollständig identifiziert zu werden," sagte er.

-Zumindest wissen wir aufgrund seines Körperbaus, dass er ein Mann mittleren Alters ist", fügte Logan hinzu.

Richard sah ihn an und fuhr fort: "Del...gado, weiße Haut, wir haben nicht viel, aber schlimmer ist nichts, -danke! wir nehmen den Bericht trotzdem mit, und das Video schickst du an die Post", sagte er, während er aufstand und das Dokument nahm, um zum Ausgang zu gehen, Logan gab Bobby einen Faustschlag, als er mit ihm scherzte und ging.

Obwohl es nicht viel war, um den Mörder schnell zu identifizieren, wussten sie, dass es schlimmer als nichts war, also machten sie sich sofort auf den Weg in die forensische Abteilung, wo Dr. Lisa sie angerufen hatte, um ihnen die Neuigkeiten mitzuteilen, damit sie mit der Zusammenstellung des Falls beginnen konnten.

Columbia Washington Police Forensic Science Department 12:00 Uhr

Inmitten dieser riesigen Anlage, in der alle möglichen wissenschaftlichen Geräte und Objekte für Analysen und Experimente zu sehen waren, wartete Lisa Owen mit einem leicht frustrierten Gesichtsausdruck auf die beiden. Vielleicht wegen der wenigen Beweise, die der Leichnam lieferte.

Lisa Owen war seit sechs Jahren Leiterin der kriminaltechnischen Abteilung des Columbia Police Department, aber erst seit einem Jahr, als sie dreiunddreißig wurde. Richard ging auf sie zu und begrüßte sie mit der Stimme, Owen tat das Gleiche. Sie trug ihre typische Haube, eine Brille auf dem Kopf und einen ganz weißen Anzug, wie es für Gerichtsmediziner typisch ist.

-Was haben Sie für uns, Doktor? -Richard brach das Eis in einem etwas gleichgültigen Tonfall, aber Lisa war an Typen wie ihn gewöhnt, die ihr nicht gefielen, weil sie in der Vergangenheit den Ruf hatten, sie hinzurichten, bevor sie verhaftet wurden. Auch wenn es sich bei ihm nur um ein Gerücht handelte, für das es keine Beweise gab. Lisa wollte nie mit Martel befreundet sein, als man ihnen vor Jahren eröffnete, dass sie zusammenarbeiten würden und sich immer wieder an Tatorten sehen würden. Trotz seiner schwarzen Akte mochte sie vor allem seinen Tonfall und sein raues, ungepflegtes, ungehobeltes Auftreten nicht, obwohl sie keine andere Wahl hatte, als ihre Pflicht zu tun. Vielleicht lag ihre Abneigung ihm gegenüber aber auch in erster Linie daran, dass er sich bei ihrer ersten Begegnung mit ihr anfreunden wollte und sie ihn davon abhielt, so dass sie damals vielleicht eine gewisse Feindseligkeit erwartet hatte. Aber das war ihr Käse wert.

-Der Täter war zu schlau, um auch nur eine Spur zu hinterlassen. -sagte die Gerichtsmedizinerin, während die beiden Detektive sich einen Moment lang fragend ansahen, um den Rest zu hören. Dann hielt sie inne und ging zu einigen Aktenschränken im hinteren Teil des Raumes, zog einen heraus, kam wieder zurück und las sofort den Bericht vor, was Richard überraschte.

-Der Name des Mädchens war Karla Davison, 28 Jahre alt, alleinerziehende Mutter, die bei McDonald's an der Ecke Omega Street in der Spätschicht arbeitete. Nach meinen Berechnungen wurde sie irgendwo zwischen der Omega Street und der Maret School, wo es eine einsame Strecke von mindestens 300 Metern unter einer Brücke gibt, angegriffen. Jemand hat sie geknebelt und ihr in den Scheitelbereich geschlagen... Sie war auf dieser Strecke unterwegs, weil ihr Haus 600 Meter von der Einrichtung entfernt war und sie laut ihrem Ausweis in diesem Bereich unterwegs war. Sie hatte eine schwere Prellung im Scheitelbereich, die jedoch nicht lebensbedrohlich war. Folglich wollte der Täter sie lebend haben, weshalb er dafür sorgte, dass sie bewusstlos wurde. Was er dann tat, war schrecklich...", fügte er mit einer kleinen Pause hinzu, spuckte etwas Speichel aus und fuhr dann fort, "sie wurde anal und vaginal vergewaltigt, aber das war noch nicht alles, die beiden Mädchen zeigten das Gleiche, in derselben Nacht wurden beiden die meisten ihrer Vorderzähne mit einer Pinzette gewaltsam entfernt, da sie nicht genug hatten, schnitt der kranke Mann oder wer auch immer das getan hat, ihre Brustwarzen ab, sie zeigte blaue Flecken und Prellungen an ihren Oberschenkeln, Armen und am Hals... es ist überflüssig, die Leiche noch einmal zu zeigen. Einmal wurde sie vergewaltigt; sie wurde mit einem metallischen Gegenstand bei

Hunderten von Grad Celsius gefoltert, der dann Zentimeter vor ihrer Vagina eingeführt wurde.

-Ich will nicht alles hören", sagte Richard ein wenig verzweifelt, ihn interessierten nur die Beweise, auch wenn es sich um ein Protokoll handelte, das seiner Meinung nach nicht viel dazu beitrug, den Verdächtigen zu finden. - Beeil dich Lisa, wir müssen los", fügte er ein wenig verärgert hinzu.

-So lauten die Regeln, Detective", antwortete sie in einem bissigen Ton.

-Komm schon, bring es zu Ende! -erwiderte er, innerlich etwas verärgert. Er mochte es nicht, wenn man ihm widersprach, aber auf dem Gebiet der forensischen Wissenschaft war er nicht zuständig. Obwohl er respektiert wurde, musste er sich an die Regeln halten.

-Nachdem er sie gequält hatte, erwürgte er sie offenbar und brach ihnen das Genick, wahrscheinlich durch Verdrehen, so dass die Wirbel des 7. Anschließend führte er, wie aus der in der Vaginalhöhle gefundenen überschüssigen Flüssigkeit zu schließen ist, einen Druckwasserschlauch ein, vermutlich mit dem Ziel, etwaige Spuren von Samenflüssigkeit zu beseitigen. Der Degenerierte hat sich nicht einmal die Mühe gemacht, ein Kondom zu benutzen. Anschließend reinigte er den Körper, da an verschiedenen Stellen des Körpers Ethylspuren gefunden wurden. Schließlich führte er, nicht zufrieden mit den Gräueltaten, einen glühenden Metallstab durch den Anus ein, während sie leblos dalagen, bis er die Öffnung durch den Mund fand, beide Frauen litten wie nie zuvor. Wir haben keine Haut oder Spuren des Spermas des Täters gefunden, aber ein Verbrechen ist nie perfekt, denn glücklicherweise haben wir eine braune Haarsträhne gefunden, die wahrscheinlich von dem

Mörder stammt", schloss er und ließ die beiden Ermittler erstaunt zurück. Sie waren sich sicher, dass es sich bei dem Täter um einen Mistkerl handelte, den sie auf jeden Fall zur Strecke bringen mussten.

-Gut gemacht", rief Richard und ballte leicht die Faust, denn er wollte den Bastard unbedingt erwischen und Punkte für seine Kampagne sammeln, die sicher irgendwann im Sommer nächsten Jahres stattfinden würde. Aufgrund seines guten Rufs in der Stadt im Bereich der Sicherheit würde er sicher leicht gewinnen.

Und was können wir mit einem Haar anfangen? Ich glaube nicht, dass da viel dran ist", rief er verärgert aus, nur um das Gegenteil zu behaupten. Er wusste, dass es seine Aufgabe war, mehr echte Hinweise zu finden, und so verließen sie die wissenschaftliche Abteilung mit der DNI von Karla, der McDonald's-Angestellten, weil es keine Spur von der anderen hingerichteten Frau und keine Informationen von Angehörigen gab. Was der Arzt ihr damals nicht sagte, war, dass sie in den nächsten Stunden mit einigen Chemikerkollegen die Herkunft und das Alter der Haarsträhnen analysieren und sie mit der DNS-Bank von Verurteilten und ehemaligen Sträflingen aus dem ganzen Land vergleichen würden, falls eine von ihnen übereinstimmte. Wenn sie Glück hatten, konnten sie daraus die Altersspanne, das Geschlecht und einige weitere Informationen ableiten, die dabei helfen würden, zu bestätigen, ob es Verdächtige gab und die DNA zu vergleichen. Ich hoffte nur, dass die Inspektoren und Detektive etwas anderes finden würden.

Die Nachricht verbreitete sich wie ein Lauffeuer im gesamten District of Columbia und löste Aufregung und Panik aus. Im Bericht des örtlichen Leiters der öffentlichen Sicherheit, John Spencer, hieß es zunächst gegenüber der Presse, dass es sich um eine "Abrechnung zwischen Gangstern" gehandelt habe, was sich jedoch auf Druck der Angehörigen von Karla Davison schnell änderte, die geltend machten, dass dies völlig falsch sei und es sich um einen psychopathischen Verrückten handele, der ihr das Leben genommen habe, weil er sie hilflos ansah, als sie etwa 600 Meter von ihrem Haus entfernt von der Arbeit nach Hause ging. Die Familie Davison ließ nicht lange auf sich warten und beschuldigte die Stadtverwaltung und die Aufsichtsbehörde, den Ruf und die Ehre ihrer Familie beschmutzt zu haben, indem sie ihm Dinge unterstellten, die nichts mit ihrer Tochter zu tun hatten. Stunden später, in den Abendnachrichten um 21 Uhr, wurde der Sicherheitschef von Columbia, John Spencer, seines Amtes enthoben. Und die offizielle Version lautete, dass die beiden Mädchen Karla Davison, eine 28-jährige alleinerziehende Mutter und Kassiererin bei McDonald's in der Omega Street, und eine 24-jährige Obdachlose namens Ana in der Nacht zum Donnerstag, den 11. November, von einem unbekannten Angreifer brutal ermordet wurden, dass es bisher keine konkreten Hinweise auf den Täter gab, dass aber Ermittlungen durchgeführt wurden, um den mutmaßlichen Mörder zu finden. Die kollektive Euphorie und Panik war in den folgenden Stunden so groß, dass der Präsident der Vereinigten Staaten selbst, Bill Lambert, einige Worte sagte, um die kollektive Psychose zu beruhigen, indem er eine solch herzlose Tat verurteilte und versprach, dass die Verantwortlichen mit der vollen Härte des Gesetzes bestraft werden würden.

Die suche

11:04 Uhr Wohnhaus der Davisons, 600 Meter von dem Ort entfernt, an dem Karla Davison möglicherweise vermisst wird.

In dem kleinen Haus der Davisons herrschte eine melancholische und traurige Stimmung. Sie waren bereits von Trauer und Verzweiflung zu schmerzlicher Resignation übergegangen. Karlas Mutter lag in der Mitte des Wohnzimmers und umarmte ihren Mann. Die Detectives Richard Martel und Tom Logan begannen gerade mit dem Verhör, um alles über ihre Tochter herauszufinden und zumindest einen Anhaltspunkt zu erhalten, wohin sie die Ermittlungen lenken konnten. Auf der anderen Seite, ein paar Meilen von dem Ort entfernt, an dem das andere Mädchen, das anscheinend obdachlos war, gefunden wurde, untersuchte Inspektor Mark von der Mordkommission unter den Brücken, um etwas mehr Informationen über die Verstorbene zu erhalten und darüber, warum sie brutal ermordet wurde und in welcher Beziehung sie zu Karla Davison gestanden haben könnte. Aber es war unwahrscheinlich, dass er etwas finden würde.

-Frau Belly, der Verlust Ihrer Tochter tut uns sehr leid. Wir wollen nicht unverschämt sein, wir wollen nur Ihrer Tochter Gerechtigkeit widerfahren lassen. Was immer Sie also denken oder glauben, dass zur Aufklärung des Verbrechens beitragen könnte, halten Sie nichts zurück", sagte Richard, während er einen Blick mit Karlas Vater austauschte. Beide nickten zustimmend und fuhren dann mit dem Verhör fort, wobei sie auf alles achteten, was es zu beachten gab...

-Erzählen Sie uns ein wenig über Ihre Tochter, Mrs. Belly.

-Ich weiß nicht, wie ich anfangen soll, Herr Detektiv", antwortete er mit melancholischer Stimme.

-Wir wissen, dass sie eine alleinerziehende Mutter war. Wissen Sie, ob sie derzeit in einer romantischen Beziehung war?

-Nein, nein", antwortete sein Vater zügig, und beide Polizisten sahen ihn erstaunt über die ungewöhnliche Reaktion an, die manchmal einen Hauch von Wut erkennen ließ.

-Nein, meine Tochter hatte nie eine romantische Beziehung, seit sie ihren Ex verlassen hat, einen faulen Bastard, und er war der einzige, den sie je hatte. Sie war keine Frau, die mit dem einen oder anderen herumlief, wie es die meisten Leute tun", erklärte er, hielt leicht erregt inne und fuhr dann fort, "sie war eine nette Dame, ich weiß nicht, warum ein verdammter Bastard das meinem kleinen Mädchen angetan hat.

Richard schaute Tom erstaunt an angesichts der energischen Szene, die von Herrn Peterson zu erwarten war, der so rechtschaffen aussah wie ein Hirte, der Sünder verurteilt. -lu...ego hat diesen Penner verlassen und ist zu uns gezogen?

-Können Sie uns den Namen und die Adresse des Ex-Mannes Ihrer Tochter nennen?", fragte Logan, während er sie in einem Notizbuch notierte.

— Brandon Brown wohnt also in der High Street auf der anderen Seite der Stadt, richtig?

— Beide schüttelten den Kopf, obwohl Mr. Peterson ihn ehrlich gesagt am wenigsten verdächtigte, denn

Brandon, obwohl ein Faulpelz, hielt ihn nicht für fähig, so wild zu sein. Er war nie dafür bekannt, gewalttätig oder eifersüchtig zu sein, der Grund für die Trennung war sogar Untreue seinerseits, so dass seine Schwiegereltern ihn aus offensichtlichen Gründen nicht verdächtigten. Die Ermittlungen waren jedoch auf verschiedene Verdächtige ausgerichtet.

— Freunde, die Sie besucht haben...?

— Kein Detektiv, meine Tochter ist nirgendwo hingegangen, sie ist von der Arbeit nach Hause und von zu Hause zur Arbeit. Sie hat nur Zeit mit dem Kind verbracht und sonst nichts", flüsterte die Mutter, ihr Mann unterbrach sie und fügte hinzu, "sie war schüchtern, wir haben niemanden im Sinn, der meinem Kind etwas antun wollte, sie kam mit allen aus und geriet nie in Schwierigkeiten. - sagte sie, dann funkelten ihre Augen vor Gefühl, und dann stellte Logan die nächste Frage, und dann noch eine und noch eine:

— Hat die Familie irgendwelche Schulden oder Feinde?

— Nein, nein, wir sind eine religiöse Familie und hatten noch nie Probleme mit irgendjemandem oder Schulden, also nichts dergleichen.

— Ich verstehe Herrn Peterson. Gibt es Familienmitglieder, die in den letzten Stunden Kontakt zu Karla hatten oder ...

— Unsere ganze Familie lebt in Austin, Texas, wir haben niemanden hier", antwortete Mrs. Belly.

In diesem Moment wusste Richard, dass diese Informationen ausreichen würden, und dass sie im Laufe der Ermittlungen, wenn sie sie brauchten, auf weitere Informationen zurückkommen würden. Also machten sie sich sofort auf den Weg zu dem McDonald's, wo Karla Davison in den letzten zwei Jahren gearbeitet hatte, um Informationen zu sammeln und den Fall zu untermauern.

Irgendwo in Columbia Washington in einem fahrenden Auto.

-Hey, Bobby.

-Was ist los, Richard? Sie haben etwas gefunden.

Noch nicht, aber ich möchte Sie etwas fragen: Können Sie überprüfen, ob es in der Omega-Straße und der Maret-Schule, wo Karla wahrscheinlich angegriffen wurde, Kameras gibt... Genau in diesem Bereich gibt es eine große Brücke und einen Straßenabschnitt, den sie jeden Tag zur Arbeit ging.

-Natürlich werde ich Ihnen in ein paar Stunden Bescheid geben, wenn ich etwas gefunden habe.

-Danke, Kumpel, ich schulde dir was", sagte Martel, als er um die Ecke bog und das berühmte Schnellrestaurant erreichte. Eine Stunde nachdem sie die meisten Leute der Spätschicht, in der Karla arbeitete, interviewt hatten, verließen sie den Laden etwas enttäuscht. Aber nicht, bevor sie die gleiche Strecke zurückgelegt hatten, die Karla zwei Tage zuvor gelaufen war. Obwohl sie müde waren, hatten sie also die Gelegenheit, die gleiche Strecke zurückzulegen, die die 28-Jährige vor ihrer Ermordung zurückgelegt hatte.

-Wir sitzen fest", brummte Logan, als er sich eine Zigarette anzündete und sichtlich gestresst war. -Es gibt nicht viel, um uns zum Täter zu führen, außer diesem Haar. Hoffentlich hat Bobby etwas für uns.

-Das Mädchen ging um 18:30 Uhr... denn dort, wo wir jetzt sind, muss sie um 18:40 Uhr angekommen sein, es sind etwa 500 Meter von hier bis zu der Straße am Ende, wo ihr Viertel ist. In dieser einsamen Gegend unter der Brücke wurde sie wahrscheinlich von jemandem angegriffen", sagte der Detektiv und schaute sich die beiden Straßen an, die zu dieser Tageszeit nicht sehr belebt waren, geschweige denn spät in der Nacht. Er drehte sich überall um und versuchte, nach Hinweisen zu suchen, die ihm zumindest einen Anhaltspunkt für die Fortsetzung der Ermittlungen geben würden.

- Der Typ ist mittleren Alters, wahrscheinlich ein verrückter Vergewaltiger", deutete Logan neben ihm an.

-Wir stecken fest, aber ich kann keine andere Erklärung finden, als dass der Kerl sie hier zwischen diesem Abschnitt angegriffen hat, wie der Gerichtsmediziner gesagt hat", murmelte Richard, während er ein gutes Stück unter der Brücke hindurchging und zu einer anderen Allee kam, auf der viel Verkehr herrschte und wo es unwahrscheinlich wäre, dass sie um 18:46 Uhr, was wahrscheinlich die Zeit war, die sie brauchte, um vom McDonald's zur Kreuzung der Allee zu gelangen, von einem fahrenden Auto überfallen worden wäre. Eine Hypothese, die sie verwarfen, weil sie an diesem Abend an dieselbe Stelle gingen, um den Verkehr zu kontrollieren, und es in der Tat zu spät war, als dass jemand eine Entführung hätte bemerken können.

14:13 Uhr am dritten Tag im Haus von Brandon Brown, dem Ex-Ehemann von Karla Davison.

-Verdammt noch mal! Bobby hat keine Überwachungskameras in der Gegend gefunden und auch keine Verdächtigen, die von dieser Kreuzung kommen, wo die letzte Kamera, an der sie vorbeigekommen ist, alles an diesem Tag aufgezeichnet hat...", sagte Richard, als er die High Street im Osten der Stadt hinunterfuhr.

-Es ist komplizierter als ich dachte", antwortete sein Partner mit einem Seitenblick, während er das Radio einschaltete, und tatsächlich, dieselben Nachrichten über Karla Davison dröhnten über 98.3 am Morgen: "In anderen Nachrichten, laut der Polizeibehörde, wurde das Mädchen in den frühen Morgenstunden des 12. Novembers ermordet, laut dem Staatsanwalt gibt es mehrere Ermittlungslinien..."

-Stell den Scheiß ab, ja! - entgegnete Richard, den Blick geradeaus gerichtet, "Ermittlungslinien, siehst du denn nicht, dass wir nicht weiterkommen und dieser neue Staatsanwalt seine Nase ständig hineinsteckt.

Logan nickte und lächelte, während er sich eine Zigarette anzündete und den Sender auf 98.4 umschaltete, wo der Scorpion-Song "Wind Of Change" lief.

-Das ist schon viel besser", fügte der Polizeichef hinzu, als er auf die 8. Straße in die San Bernardino Street einbog, wo Karla Davisons Ex Brandon Brown sein sollte, doch gerade als er dies tat, wurde er von einem Funkspruch des ihm unterstellten Beamten Mark am anderen Ende der Stadt überrascht.

-Hey Richard, du wirst es nicht glauben, aber...
-Sag mal, was ist denn jetzt los, Mann? -antwortete er, während Logan die Musik leiser stellte.

-Zwei Leichen in der gleichen Form wie vor zwei Tagen wurden vor wenigen Stunden gefunden... anscheinend wurden sie in den frühen Morgenstunden zurückgelassen, ein Obdachloser fand sie unter der Brücke, dann riefen die Leute die Polizei, hier bin ich am Tatort mit Dr. Owen und Begleitung.

-Gütiger Himmel", antwortete der Chefinspektor, als er den Wagen anhielt und auf die Straße fuhr. Ihm fiel etwas ein, und statt wie geplant bei der Wohnung des jungen Brandon Brown anzukommen, kehrte er um. Er wusste, dass der Mörder, wer auch immer es war, nicht dieser elende Kerl war, es musste jemand anderes sein, und die Ermittlungen mussten natürlich woanders hingelenkt werden.

Tatsache ist, dass der Fall ohne Hinweise auf den Täter ziemlich schwierig wurde, fast ein Patt, und das vor allem wegen des Drucks von höherer Stelle. Obwohl es zum Teil gut war, dass er weiter mordete, denn früher oder später würde er eine klare Spur hinterlassen, wenn nicht schon vorher. Das Beunruhigendste für Richard war, dass der Mörder nur junge Frauen ermordete, also zweifellos ein sexuell kranker Wahnsinniger war, aber wer auch immer der Täter war, er musste in den nächsten Stunden verhaftet werden, sonst würden ihnen aufgrund der Art und Weise, wie der Staatsanwalt für innere Sicherheit arbeitete, die Köpfe weggeblasen. Zu diesem Zeitpunkt führten verschiedene Polizeidienststellen und kriminaltechnische Dienststellen Analysen und Untersuchungen durch und versuchten ihr Bestes, um den Verbrecher zu finden, der diese Welle von verstörenden und sadistischen Morden verursachte.

Die Nachrichten ließen nicht lange auf sich warten und wurden noch in derselben Nacht in dem Bundesstaat lauter, selbst der Fall Karla Davison beruhigte sich, um dem nächsten makabren Fall von zwei jungen Frauen Platz zu machen, einer, Sophie, 17, und Monica, 23, beide zwei Kilometer voneinander entfernt ermordet und ebenfalls mit einem schwarzen Lampenkabel gefesselt und brutal gequält wie die beiden ersten Opfer, bei denen man sehen konnte, wie ein Metallstab sie anal durchbohrte, bis er ihren Mund erreichte. In beiden Fällen verließen sie diesmal kein Auto. Wahrscheinlich ist der Mörder zu beiden Tatorten gefahren und hat die Leichen zurückgelassen, als wolle er der Justiz die Möglichkeit geben, ihn zu finden, wenn sie es könnte.

Es gab nichts, sie hatten nicht einmal den seltsamen Mann ausfindig machen können, der sie am ersten Tag des Falles angerufen hatte. Doch just in dieser Nacht wurde Richard in seinem Wohnhaus im Annandale-Viertel im Westen der Stadt von einem gelben Umschlag mit einer kurzen Nachricht in seinem Garten aufgeschreckt. Das Dokument enthielt die folgende beunruhigende Notiz, die wahrscheinlich mit der Absicht geschrieben wurde, keine losen Enden zu hinterlassen: "Herr Richard, entschuldigen Sie den Anruf neulich, Sie denken wahrscheinlich, ich sei der Mörder, aber nein, ich möchte Sie nur wissen lassen, dass ich nicht schlafen konnte, weil ich daran denke, dass mein Leben in Gefahr sein könnte, wenn ich sage, was ich neulich Morgen gesehen habe, zu gegebener Zeit werde ich es sagen, wenn sie ihn nicht zuerst erwischen, aber ich glaube, ich weiß, wer an all den Todesfällen schuldig ist, hoffentlich! Ich hoffe, dass sie ihn fangen, bevor ich gestehe, wer er ist, aber glauben Sie mir, das ist etwas, was ich wirklich nicht tun will, denn dann bin nicht nur ich in Gefahr, sondern auch meine ganze Familie". Mit dieser seltsamen Nachricht beendete Richard gegen halb sieben Uhr abends die Lektüre, während er von seiner Küche aus einen Blick nach draußen warf, als ob er dachte: "Dieser Mistkerl will mich reinlegen, ich glaube ihm nicht, aber woher zum Teufel weiß er, dass ich hier wohne? Unmittelbar danach ging er nach oben zu seinem 24/7-ftp-Aufzeichnungssystem seiner Überwachungskamera, die sich direkt vor seiner Haustür befand und genau auf die Straßentür des Hofes gerichtet war, wo derjenige, der den Brief hinterlassen hatte, auf den Aufnahmen erscheinen würde.

Nach einigen Minuten der Bild-für-Bild-Analyse erkannte er, dass es sich bei der Person, die das Paket aus der Einfahrt zu seinem Grundstück trug, um ein Kind der Marshall-Nachbarn handelte, und das sagte ihm ganz klar, dass der Verdächtige das Kind benutzte, um nicht erwischt zu werden, da es in der Hauptstraße des Viertels offensichtlich keine Kameras gab. Vorsichtshalber beantragte er einen Durchsuchungsbefehl, um die Häuser in der Nachbarschaft nach Überwachungskameras abzusuchen, aber leider mit negativem Ergebnis.

7:45 Uhr Vierter Tag der Ermittlungen

-Du wirst dem Chef von der Nachricht erzählen", rief Logan aus.

-Nein, ich werde warten. Es könnte ein Alibi für den Mörder sein. Er hat geschworen, dass er es nicht war, aber...

-Diese Psychopathen sind schlau, er könnte mit uns spielen, ich würde ihm nicht trauen, aber ich frage mich, warum Sie? Es gibt mehrere Inspektoren von anderen Unternehmen, die ebenfalls in diesem Fall ermitteln.

-Ich weiß es nicht", hatte Richard geflüstert, während er sich einen heißen Kaffee reichte und einen Schokoladenkrapfen probierte. Die Ärztin hatte festgestellt, dass das Haar, das an der Leiche gefunden worden war, am Ansatz grau war und das braune Haar gefärbt war, so dass sie auf ein Alter zwischen fünfundvierzig und fünfzig Jahren schloss.

-So stand es im Bericht", murmelte Logan, als er sich von seinem Stuhl erhob und einen weiteren Kaffee holte. Sekunden später betraten zwei Frauen die kleine Bar, die gegen 7 Uhr morgens völlig leer aussah, und setzten sich hinter Logan und Richard, bestellten einen Kaffee und begannen zu plaudern. Zunächst über Banalitäten, doch dann driftete das Gespräch ab und sie erwähnten etwas, das die beiden Detektive misstrauisch dreinschauen ließ...

Ich erzählte dir gerade von Kira, dem armen Mädchen in den Nachrichten... Ich kann mich nicht an ihren Namen erinnern, diejenige, die sich eine Stange in den Arsch schieben ließ, sie arbeitete vor der Bar, in der ich arbeite, und weißt du, was ? - fragte die fettleibige Frau, während die andere mit dem durchtrainierten Körper die Kellnerin anlächelte, die ihr gerade ihre Bestellung geben wollte. Dann fuhr sie fort, - nein, sag es mir.

An diesem Tag traf ich sie genau am Ende der Omega Street-Brücke, denn ich ging um sieben Uhr hinein und es war etwa 18:40 Uhr und sie trug ihre Uniform, und kurz bevor ich die Straßenecke überquerte, um den Abschnitt der Brücke zu passieren, wo das schwarze Auto aus den Nachrichten, Sie werden es nicht glauben! an mir vorbeifuhr, wurde es schon dunkel, aber ich erinnere mich nicht mehr an den Kerl, der darin saß, ich glaube, er hatte eine schwarze Mütze und eine Brille....

-Um Himmels willen, sagen Sie es mir nicht", sagte ihre Freundin etwas entsetzt. Diese Szene war besonders, weil die mit den Ermittlungen beauftragten Täter zufällig anwesend waren, obwohl Detective Richard die beiden Gäste im Moment nicht stören wollte. Nach dem Frühstück musste er sich bei den beiden Frauen melden, die keine andere Wahl hatten, als sie zu begleiten, um ihre offizielle Aussage bei der Mordkommission zu machen.

Verdächtiger

Tage später

Obwohl die Ermittler, zu denen auch Richard von den verschiedenen Polizeidienststellen in Columbia gehörte, den Fall zusammenstellten und einige Elemente in Betracht zogen, deuteten die Ermittlungen nicht auf einen eindeutigen Verdächtigen hin, oder besser gesagt, auf keinen in diesem Moment. Richard hatte seinen Kollegen nichts gesagt, außer Logan über die seltsame Nachricht, die vor seinem Haus hinterlassen worden war und die, obwohl der Absender schwor, nichts mit den Morden zu tun zu haben, auch für Martel nicht vertrauenswürdig war.

Glücklicherweise gab es in den folgenden zwei Wochen in der ganzen Stadt keine Morde mit denselben Merkmalen, aber die Ermittlungen, auch wenn sie zum Stillstand gekommen sind, müssen fortgesetzt werden.

Deshalb begaben sie sich am Nachmittag des 28. November, Wochen nach dem Auffinden des ersten Opfers, zum Washington State Penitentiary westlich der Stadt, um einige der in den letzten zwei Wochen festgenommenen Mordverdächtigen zu befragen. Sie fanden zwei Verdächtige: Ramon Rodriguez, der eine Frau getötet und vergewaltigt hatte, und Daniel Robert, der eine junge Studentin im Süden der Stadt überfallen hatte. Nach einer langen, mehr als einstündigen Befragung der beiden gab es jedoch keinerlei Anhaltspunkte dafür, dass sie etwas damit zu tun hatten. Um dennoch auszuschließen, dass sie etwas damit zu tun hatten, wurden DNA-Tests an Haarfasern durchgeführt, die jedoch negativ ausfielen, so dass sie im Fall der Frauenmorde an Karla Davison und den anderen Opfern freigesprochen wurden.

Eine Woche später - Freitagabend 20 Uhr - Richard Martel Wohnsitz

Es war viel passiert und der Fall war in der Stadt kalt geworden, so dass er in den Akten blieb. Die Ermittler hatten andere wichtige Fälle zu lösen.

Aber an diesem Abend, als der Detektiv nach Hause kam, wartete jemand auf ihn. Er trat ein, ein wenig müde von der Routine. Er zog an der Türklinke und als er die Tür hinter sich schloss, ruhte eine Pistole in seinem Nacken und der Fremde sagte bissig.

-Du hältst mich wahrscheinlich für einen Dieb, aber keine Sorge, ich werde dir nichts tun, ich möchte nur, dass du dich in den Sessel gegenüber setzt und mich nicht ansiehst. - Richard ging ein paar Schritte in das Wohnzimmer vor ihm, setzte sich dann hin und rief:

-Komm schon, Mann! Nimm dir, was du willst, oder sag mir, wie viel du willst? Vielleicht brauchst du Geld, aber du musst das nicht tun, ich gebe es dir gerne.

-Ich will kein Geld... Ich bin kein Dieb. Ich bin hier, um...

In diesem Moment nickte Richard mit dem Kopf, während er den letzten Sätzen, die der Mann sagte, keine Beachtung schenkte, er war es. Wenn er zurückdachte, erinnerte er sich an das gleiche Timbre der Stimme des Mannes, der am 12.

November, als die erste ermordete Frau gefunden wurde, mit ihm am Telefon gesprochen hatte.

-Ich denke, das können Sie an Ihrer Reaktion erkennen, Herr Richard", flüsterte der Fremde.

- "Sie sind es, sagen Sie mir, was wollen Sie? Warum sind Sie hier? - fragte der Detektiv und versuchte, ihn zur Vernunft zu bringen und ihn zum Umdrehen zu bewegen. Der Mann sagte - Nein, drehen Sie sich nicht um, noch nicht. Richard hörte auf, es zu versuchen, und streckte seinen Kopf wieder nach vorne.

-Ich bin hier, um Ihnen zu sagen, was ich weiß. Soweit ich sehen kann, ist es mehr als zwei Wochen her, und ich habe in den Nachrichten nicht gesehen, dass sie diesen Kerl geschnappt haben, was ich bezweifle, wenn sie es nicht getan haben....

-Warum sagen Sie das? -fragte Martel.

-Denn es ist unwahrscheinlich, dass eine Anschuldigung eines einfachen Bürgers wie mir zu seiner Verhaftung führen wird.

-Sagen Sie mir, was wissen Sie über den Mörder?

-Herr Richard, ich weiß, dass Sie Polizist sind, und glauben Sie mir, mit etwas Recherche habe ich Ihre Nummer im gelben Abschnitt gefunden, es war ein bisschen kompliziert, aber ich war die ganze Nacht dort, nachdem ich diese Szene gesehen hatte... Sie werden es nicht glauben, aber...

-Sprechen Sie lauter.

-Versprechen Sie mir, dass Sie keine Anklage gegen mich erheben und meine Identität geheim halten werden", sagte der Mann, während er die Pistole leicht zittrig auf Richard richtete.

-Ich verspreche es", sagte der Inspektor ohne nachzudenken.

-Ich weiß im Voraus, dass oft derselbe Zeuge eines Verbrechens angeklagt und verurteilt wird, und ich möchte nicht, dass er das mit mir durchmachen muss.

- Wenn er unschuldig ist, schwöre ich Ihnen. Übrigens, wie heißt du?

-Vergessen Sie meinen Namen, Mr. Richard. Geben Sie mir Ihr Wort.

-In Ordnung, ich gebe Ihnen mein Wort, dass niemand von Ihnen erfahren wird, wenn das alles wahr ist, werden Sie als geschützter Zeuge behandelt, niemand wird es erfahren, ich werde nur sagen, dass mich jemand informiert hat und das ist alles.

-Nun, das ist schon viel besser", murmelte der Fremde, als er einen Stuhl neben sich herzog und sich setzte, immer noch mit seiner Waffe in der Hand. -An jenem frühen Morgen, dem 12. November, hatte ich Dienst und bewachte nur ein Gebiet mit Häusern, die aus offensichtlichen Gründen vor Vandalen und Eindringlingen geschützt sind ... das Gebiet liegt am Rande der Stadt, die Sache ist, dass ....

Er hielt einen Moment inne, vielleicht hatte der Mann Angst zu sagen, was er gestehen wollte, denn eine Anschuldigung von dem Kaliber, das er gestehen wollte, konnte für den Mann vieles bedeuten. Eine solche Anschuldigung könnte ihn ins Gefängnis bringen und schlimmstenfalls sein Leben beenden. Aber so wie er sich mit der Hand über den Kopf fuhr, hatte er sicher den Mut, weiterzumachen.

- In der Gegend gibt es nur einige verlassene Lagerhallen und... einen halben Kilometer entfernt beginnen die Straßenlaternen, so dass es recht ungewöhnlich war, dass ein schwarzes Auto, eine alte Limousine, in dieser Nacht gegen 1

Uhr nachts ankam. Es fuhr mit normaler Geschwindigkeit auf dem einzigen Feldweg, der vor der Baustelle verläuft. Meiner Erfahrung nach, die ich in diesem Teil der Stadt seit über acht Monaten in der Nachtschicht gemacht habe, ist in diesen vandalisierten Lagerhallen niemand zu finden, nicht einmal die Vandalen wohnen dort, nur gelegentlich nutzen sie sie tagsüber, um high zu werden, aber nachts niemand. Ich fand es also ziemlich seltsam, dass eine Limousine hinter den Lagerhallen geparkt war... Ich sah ein paar Lichtblitze, aber dann gingen sie aus. Ich weiß nicht so recht, ich dachte zuerst, es wären junge Leute, Sie wissen schon, Sex, Drogen, denn da waren eine junge Frau und ein Mann mit einer Mütze. Aus meiner Entfernung von etwa 300 Metern konnte ich etwas sehen, nicht viel, aber durch den Scheinwerfer des Bereichs, auf den ich aufpasste, leuchtete dort oben etwas auf, dann bemerkte der Typ meine Anwesenheit, stieg ins Auto und fuhr zur Rückseite der anderen Bodega, die die letzte war, die letzte, die am meisten versteckte, die an einem kleinen Busch klebte. In diesem Moment sagte ich: "Sie werden Sex haben, deshalb wollen sie keine Fremden". Ich war wahrscheinlich bewaffnet, um keine Angst vor den Mauren an der Küste zu haben, denn wenn ich es gewesen wäre, hätte ich mich nie an einem so gefährlichen Ort aufgehalten, es gibt Banden, weißt du, immer an einsamen Orten zu gehen ist eine Gefahr und mit einem Mädchen noch viel mehr... zu diesem Zeitpunkt sagte ich mir; nun, ich habe Glück, sie werden heute Abend Sex haben.... aber bald darauf ließ mir etwas die Haare zu Berge stehen, gerade als ich wieder meine Runden in der ganzen Gegend der unfertigen Privathäuser, die um die vierzig sind, drehen wollte, hörte ich etwas, das mich umstimmte; ein Schrei, und es war kein Schrei der Freude, wie man erwarten würde. Es war ein Schrei, der unheimlich hörbar war, weil es in der Stadt keinen Lärm gab, nur die Nacht und die Bäume ringsum. Also sagte ich zu mir selbst: "Gott, hör gut zu, das war ein Geräusch von; bah! es muss mein Unterbewusstsein sein, dass ich Sex mit Schreien assoziiere", aber nein, Mr. Richard. Der zweite Schrei war eindeutig: "Hilfe!", in diesem Moment war ich mir nicht 100%ig sicher, ob ich die Polizei rufen oder auf eigene Faust nachforschen sollte. Da es nachts nie Vandalen gibt, weil sie wissen, dass es einen Sicherheitsdienst gibt, schicken sie nicht mehr zwei, und ich war der einzige im Dienst. Ich machte mich auf den Weg, um das Gelände in Ruhe zu verlassen, und nahm den Hintereingang, der direkt zu diesen verlassenen Lagerhallen führt, die genau vier an der Zahl sind, jeweils höchstens vierzig Meter voneinander entfernt und mit wildem Gras bewachsen. Ich schnappte mir also meine Taschenlampe und meinen Schlagstock und ging vorsichtig in Richtung der Stelle, an der das Auto verschwunden war, was meiner Meinung nach nicht sehr weit war, da sich dahinter keine Straße befand und es sich um den Anfang des Reservats handelte. Ich dachte also, dass das, was da vor sich ging, nichts Gutes war, obwohl ich auf halbem Weg dachte, dass es sich vielleicht um einen einfachen Ehestreit oder so handelte, aber dann....Als ich an der Abzweigung der schmalen Schotterstraße, die zur letzten Bodega führte, abbog, stand das Auto verlassen inmitten von Büschen, und wie erwartet dachte ich, dass sie in die Bodega gegangen waren, also ging ich näher an das Auto heran und stellte mich direkt hinter ein paar Büsche, um darauf zu warten, dass sie wieder herauskamen und herausfanden, was passiert war. Nach etwa zwanzig Minuten dachte ich, dass sie wahrscheinlich Sex hatten, also dachte ich, ich würde gehen. Aber in diesem Moment kam der Mann aus der Ecke der Bodega, ging zu seinem Auto, öffnete den Kofferraum und holte einen Truper-Kasten mit Werkzeug heraus. Da an diesem Tag Vollmond war, war er hell erleuchtet und man konnte ein Gesicht erkennen. Und Sie werden nie erraten, wer in der schwarzen Limousine saß", sagte er, als er wieder innehielt. Diesmal unterbrach ihn Richard.

-Komm schon, sag mir, wer ist...?

-Dann schloss er den Kofferraum, und in diesem Moment ließ er die Schlüssel fallen, er wollte sie aufheben, und als er das tat, fiel die schwarze Mütze vor ihm herunter. Als er sich im Mondlicht wieder aufsetzte, konnte ich sein Gesicht sehen... und... und er war es... Mr. President of the United States, Mr. Bill Sander..., ja, er ist es, der Mörder... dieser Frauen", sagte er mit einem leichten Bruch in der Stimme aufgrund der Emotion, die es für den Mann bedeutete, dies zu sagen. In diesem Moment drehte sich Richard trotz des Befehls des Mannes völlig verblüfft um, schaute ihm in die Augen, bewahrte ewiges Schweigen und rief aus.

- Nein, das kann nicht sein, Sir, das ist doch ein Scherz, oder?

Nennen Sie mich Artur", sagte der glatzköpfige, schwarzhaarige Fremde, dessen scheinbar männliche Stimme nicht zur Haltung des Fremden passte, obwohl er offensichtlich derselbe war. Auf den ersten Blick war der Mann etwa 48 Jahre alt, schlank und unbedrohlich. Richard wusste jedoch, dass der Schein im wirklichen Leben trügen kann und man sich nie von seinem Aussehen täuschen lassen sollte.

- Sie haben mir Ihr Wort gegeben, Mr. Richard, nur dieses Geheimnis hat mich umgebracht, ich konnte nicht schlafen. Und ich weiß, dass ich in Ihr Haus eingebrochen bin, aber..., es war die einzige Möglichkeit, Ihnen das in Sicherheit zu sagen, und verzeihen Sie mir, dass ich Ihr Haus betreten und eine Waffe auf Sie gerichtet habe....

- Keine Sorge, Herr Artur", erwiderte der Detektiv, ganz bestürzt und gleichzeitig ungläubig über das, was der Fremde dem mächtigsten Mann der Welt vorwarf, und was er nicht einmal in seinen kühnsten Träumen glauben wollte. Und natürlich wollte er es auch nicht glauben, denn er ahnte, dass es sich um ein Alibi des Mannes vor ihm handelte, der immer noch eine Neunmillimeter in der Hand hielt.

-Ich sehe an Ihrem Gesicht, dass Sie mir nicht glauben, Mr. Richard. Sie halten es für eine Lüge, um damit durchzukommen, nein, nein, Sir..., glauben Sie, ich hätte es umsonst riskiert, hierher zu kommen, weil ich wusste, dass ich von Ihnen erschossen werden könnte? Nein, ich bin kein Narr. Aber dieser Bill Sander da draußen ist ein Psychopath und wenn man ihn nicht aufhält, wird er weiter morden. Damals dachte sogar ich, es sei alles ein Irrtum, eine mentale Pareidolie von mir, aber nein, als der Typ wieder in die Bodega ging, wartete ich mehrere Stunden lang zusammengekauert unter den Büschen auf ihn. .... Ich hätte nie gedacht, dass er ihm etwas antun würde, ich dachte, er wollte Sex mit einem jungen Mädchen haben und das war's, aber Stunden später kam er hinten raus, allein stehend und einen Klumpen hinter sich herziehend, und wow, es stellte sich heraus, dass es Miss Karla Davison war, wenn ich mich richtig erinnere.

Es war ein menschlicher Körper. Er kämpfte ein paar Minuten lang mit dem Gewicht und legte es in aller Ruhe nach vorne, dann nahm er sicher die Tasche heraus, die schon drin war, er fühlte sich sicher, so zu fahren. Etwa zwei Stunden von der Reservierung, von der ich Ihnen erzählt habe, bis zu dem Einkaufszentrum, in dem er sie in jener Nacht abgestellt hatte.

Ich weiß nicht, wer das andere Opfer an jenem Morgen war, aber er hat es wahrscheinlich in dieser Nacht getan. Was ich Ihnen sage, ist wahr, es war dieselbe schwarze Limousine, ich lüge nicht", sagte er etwas entspannter, als Stille eintrat, und nicht einmal Richard, der sich inzwischen umgedreht hatte und auf dem Sessel des anderen Mannes saß, konnte es glauben. Seiner Meinung nach war es für den Präsidenten unmöglich, dies zu tun, denn der Geheimdienst würde ihn daran hindern, und es gab theoretisch keine Möglichkeit, das Weiße Haus zu verlassen, ohne bewacht zu werden.

-Seine Geschichte scheint glaubwürdig zu sein", bemerkte er plötzlich. Sein Gesichtsausdruck wirkte eher herablassend auf Herrn Artur, der zu diesem Zeitpunkt bereits seine Waffe unter seiner Jacke hielt. Richard hätte ihn in diesem Moment leicht verhaften können, denn es genügte, seine Waffe zu ziehen und ihn für alles zu beschuldigen, aber er tat es nicht. Er ging auf ihn zu, sah ihn genau an und sagte: "Ihre Geschichte ist beunruhigend, Herr Artur, aber Sie haben mein Wort, dass man nichts von Ihnen erfahren wird. Es gibt nur eine Sache, die Sie tun sollen.

- Was? -entgegnete die verblüffte Person.

- mich an den Ort des Geschehens zu begleiten, von dem Sie mir erzählen.

Artur zögerte eine Sekunde und nickte dann, irgendwie würde ihm das mehr Glaubwürdigkeit verleihen, obwohl es auch für Richard gefährlich werden könnte, falls es Arturs Alibi war und er der wahre Mörder war. Aber Richard dachte, wenn er ihn auf der Stelle hätte töten wollen, hätte er es schon getan. Also gingen sie an diesem Abend zu dem Ort, an dem sich die Ereignisse des Opfers zugetragen hatten.

Es ist etwas passiert

Der Präsident der Vereinigten Staaten, Bill Sander, war erst ein Jahr zuvor mit einer Mehrheit der Stimmen zum Präsidenten gewählt worden und hatte seinen Konkurrenten mit Leichtigkeit besiegt. Dank ihm gewann seine Partei sogar die Mehrheit im Senat und im Repräsentantenhaus. Sein Charisma und seine Erfolge waren so groß, dass man davon sprach, dass er einer der besten Präsidenten der Vereinigten Staaten sein könnte, sogar mehr als Ronald Reagan und mehr als Kennedy, was sein Charisma angeht. Der Präsident war fünfundfünfzig Jahre alt, als er das Ruder des mächtigsten Landes der Welt übernahm. Seine Absicht war es, wiedergewählt zu werden, also spielte er seine Rolle vor seinem Volk und der Welt so gut er konnte. Deshalb vermied er es um jeden Preis, sich in Kriege einzumischen und löste alles auf diplomatischem Wege.

Dass Richard das Geständnis des Fremden glaubte, erschien ihm zu bizarr. Bills ruhige, altruistische Persönlichkeit war auf einer anderen Ebene angesiedelt. Nicht in seinen kühnsten Albträumen hätte er sich vorstellen können, dass er Frauen ermorden würde, schon gar nicht nachts. Seine Frau Melani Lamber, fünfundvierzig Jahre alt, war eine hübsche und joviale Frau, und mit ihr bildete er das perfekte Paar, das ihn in jeder Hinsicht zufrieden stellte. Deshalb fiel es ihm schwer, die Geschichte von dem vergewaltigenden Präsidenten zu glauben.

In derselben Nacht gingen der Fremde und Richard zu dem Haus. Und tatsächlich, da war, was er gesagt hatte. Wenn man den Ort über einen unbefestigten Weg erreichte, konnte man in der Ferne einen weiteren kleinen unbefestigten Weg sehen, der weiter nach hinten führte, und auf der einen Seite einen letzten Laternenpfahl, der die kleine Konstruktion unfertiger Häuser beleuchtete, in denen Artur nach seinem Geständnis als "Wächter" diente. Der Platz war ziemlich schattig und an den Seiten mit wilder Vegetation bewachsen. Genau hier begann das Naturschutzgebiet von ganz Westkolumbien. Im Hintergrund waren vier kleine Lagerhäuser mit jeweils vier oder fünf Stockwerken zu sehen. Die beiden Männer gingen mit gelöschten Lampen in der Hand dorthin, und im vierten, dem am weitesten von den anderen entfernten, im dritten Stockwerk, fanden sie überall getrocknete Blutspritzer, genau in der Ecke eines der Keller, wo er mit Blättern und Papiermüll zugedeckt worden war.

Der Mann hatte sicherlich nicht gelogen. Jetzt ging es nur noch darum, das zu bestätigen, obwohl er einen Plan hatte und die Spurensicherung nicht rufen würde.

-Hey Arthur, ich möchte, dass du mir bei etwas hilfst", sagte Richard und starrte im schummrigen Licht auf den Fremden, der zögernd durch die Fenster nach unten schaute.

-Ich will mich da nicht mehr einmischen, Detective, ich will nur noch weg, ich habe Ihnen alles gesagt.

-Ich möchte Sie nur fragen, ob Sie weiterhin in diesem Bereich tätig sein werden.

-Ich glaube nicht, es ist nicht praktisch, sie werden wahrscheinlich misstrauisch sein, aber ich fahre nach Wisconsin.

Und wissen Sie, ich möchte nicht, dass irgendjemand erfährt, wer der Whistleblower war", wies er zurück.

-Von mir kommt nichts, keine Sorge. Nun, wenn du wegen all dem nicht mehr arbeiten willst, weiß ich nicht, wie ich dich bezahlen soll, wenn du mit mir zum Haus kommen willst, gebe ich dir etwas.

-Nein, ich will kein Geld, es reicht, wenn Sie der Gerechtigkeit Genüge tun, wenn Sie können.

Der Detektiv nickte, er wusste, dass es, wenn es stimmte, der beunruhigendste Fall für das war, was er auf den höchsten Ebenen der Macht darstellte, aber er würde ihn trotzdem durchführen müssen, er konnte keinen Rückzieher machen, Gerechtigkeit war Gerechtigkeit. Er verabschiedete sich von dem fremden Mann, dem er zwar nicht ganz vertraute, aber im Zweifelsfall doch zustimmte. Er ließ ihn auf der Maremont Avenue im Norden der Stadt zurück und verschwand dann zwischen Dutzenden von Passanten die Allee hinunter. Für Richard blieben Zweifel, ob der Mann, den er vielleicht nie wieder sehen würde, mehr wusste oder der Täter war, obwohl seine Geschichte Beweise hatte, es könnte auch ein Spiel sein, aber er hatte einen Plan.

Offiziell waren die Ermittlungen festgefahren, aber inoffiziell würde er mit seinem Freund Logan weiter versuchen, den Täter auf frischer Tat zu ertappen. Als er seinem Partner Logan davon erzählte, war dieser fassungslos und ebenso ungläubig, lehnte zunächst ab, wurde aber allmählich gläubig, als er sich einige Fotos von dem Ort ansah, an dem das Mädchen gefoltert worden war. Und was zu sehen war, war eine andere, nämlich die übermäßigen Blutspritzer in der Ecke nahe dem hinteren Fenster im ersten Stock. Es gab auch Knochensplitter, und sie waren eindeutig menschlich.

Das Haus von Richard Martel in den frühen Morgenstunden Stunden später

-Heiliger Strohsack, ich kann das alles nicht glauben", murmelte Logan, als er in Richard Martels Haus einen Schluck Wasser nahm und sie sich darüber unterhielten. -Hey, Bruder, bist du sicher, dass das nicht eine Art Scherz ist von...

-Du hast die Bilder gesehen, ich bin mit dem Kerl mitgegangen. Wenn er gewollt hätte, hätte er mich umgebracht, aber er hat es nicht getan und er hat mir vertraut. Ich habe dir alles gesagt, also gehen wir nach Plan vor. Ich weiß, es ist riskant, aber es gibt keinen anderen Weg. Es ist mir egal, dass er der mächtigste Mann der Welt ist, aber wenn er das tut, wird er dafür bezahlen.

Logan sah ihn zweifelnd an, als ob er nicht glauben würde, was er da hörte.

-Ich glaube nicht, dass der Präsident einfach so aus dem Weißen Haus spazieren würde... der Geheimdienst würde ihn aufhalten", sagte er.

-Das habe ich mir auch gedacht", antwortete Martel, nahm einen Schluck Kaffee und schaute vorsichtig zum Fenster auf der Rückseite des Hauses.

-But President Bill doing that.... no no no no no, I'm having a hard time wrapping my head about it mate.

-Man weiß nie, was man in solchen Fällen finden wird. Aber nur für den Fall, hoffen wir, dass er den Ort noch einmal aufsucht, denn ohne Beweise können wir ihn nicht anklagen, geschweige denn beweisen. Die hohen Tiere würden uns auslöschen, bevor wir es überhaupt versuchen. Wir wissen, dass Psychopathen, wenn sie glauben, einen sicheren Ort für ihre Untaten zu haben, diese wiederholen, also werden wir heute Nacht auf den Eingang zu diesem Bereich warten. Hoffentlich taucht er unbemerkt auf und wir können ihn aufhalten.

- Wenn das alles wahr ist, wird er es sicher wieder tun. Das wird langsam zu einem Laster", murmelte Logan. Er war nervös, weil er wusste, dass es eine gefährliche Sache sein könnte, denn den Präsidenten selbst in flagranti zu beschuldigen und zu verhaften, könnte leicht als Entführung angeklagt werden, sie als Täter anzuklagen und ins Gefängnis zu schicken, und mit der Gefahr, für den Tod aller Frauen angeklagt und zum Tode verurteilt zu werden. Außerdem stünde das Wort von zwei Detektiven gegen das Wort des mächtigsten Mannes der Welt.

Unerwartetes Ende

Nach diesen Vorfällen warteten Richard und Logan etwa eine Woche lang darauf, dass der Mörder, wer auch immer es war, mit einem Opfer an diesem trostlosen Ort auftauchte. In den ersten paar Tagen gab es keine Ergebnisse. Aber die Morde gingen in dieser Zeitspanne mit mindestens einer weiteren Frau weiter. Ein 27-jähriges Mädchen, das in der Nähe des Frederick Boulevard joggen ging, wurde mit denselben Folterungen gefunden. Der Täter war zweifelsohne derselbe. Die gleiche typische Stange durch den Anus und heraus durch den Mund. Daraus schlossen sie, dass der Kerl damals einen anderen Ort gehabt haben musste, um zu foltern, aber getreu dem, was sie hatten und wussten, mussten sie auf Nummer sicher gehen, bis der Kerl bereit war, zu ihnen zu kommen.

Und das Undenkbare geschah. Am späten Abend des 7. Dezember.

Um ein Uhr nachts fuhr ein schwarzer Chevrolet Caprice aus dem Jahr 1987 mit normaler Geschwindigkeit auf der unbefestigten Straße, die zu diesen Lagerhäusern und zu dem Gebiet der Unterabteilung führte, in dem die Arbeiten eingestellt wurden. Das Gebiet war weit von den Vororten entfernt, so dass es recht einsam war und das Gestrüpp unkontrolliert wucherte. Das Unternehmen Luvion Constructions, das die Parzelle begonnen und dann aufgegeben hatte, hatte die Arbeiten seit mehr als einem Jahr eingestellt, und es schien, dass aufgrund rechtlicher Probleme mit dem Land weitere folgen würden. Das Bundesreservat lag nur 100 Meter vom Anfang entfernt, getrennt durch 100 Meter Büsche und wilde Vegetation. Die Polizisten Logan und Richard warteten im Auto im Laub auf der anderen Seite der Straße. Direkt an der Bundesstraße vor der Nebenstraße, die zu diesem Gebiet führte. Sie würden Abstand halten, damit der Kerl, der in diese Richtung fuhr, nicht entkommen konnte und sie ihn auf frischer Tat ertappen konnten, und zwar möglichst mit Filmbeweisen. Es dauerte mehrere Minuten bei ausgeschaltetem Licht, bis der Chevrolet vor ihnen verschwunden war. Dann fuhren sie auch schon den Feldweg hinunter. Es dauerte nicht länger als fünf Minuten auf der ziemlich holprigen Straße, bis sie genau dort anhielten, wo eigentlich eine Wache hätte stehen müssen. Aber offenbar hatte die Firma die Bewachung dieses Bereichs eingestellt, denn es gab keine Anzeichen für einen Wachmann. Um keine Aufmerksamkeit zu erregen, ließen sie das Auto dort stehen und gingen vorsichtig zum hinteren Teil des Geländes, um durch die Rückseite der Gebäude zu gehen, wo sie geradeaus weiterfuhren, bis sie die Nummer vier erreichten, wo sich wahrscheinlich der Chevrolet befand. Und tatsächlich, der Chevrolet war genau so geparkt, wie der Fremde es ihm gesagt hatte. Sie gingen so nah wie möglich heran, wobei sie darauf achteten, dass sie von keinem der Fenster im zweiten oder dritten Stock aus gesehen wurden. Sie gingen so nah wie möglich an das Gestrüpp heran, nicht mehr als einen halben Meter entfernt. Sie stellten fest, dass sich niemand im Auto befand. Sie befanden sich bereits im Inneren des Fahrzeugs, egal wer die Person oder Personen begleitete.

- Was für Nerven", flüsterte Logan zögernd, und sein Gesicht verriet seine Angst vor dem, was sie dort drinnen finden könnten.

- Ich weiß nicht, ob die Geschichte von dem Mann, der mir alles erzählt hat, wahr ist, aber wir müssen da rein", sagte Richard und bekräftigte, dass sie niemandem von der Begegnung mit dem Fremden erzählen würden. - Weißt du, Tom, wenn wir ihn erwischen, sagen wir, dass uns ein Typ angerufen und uns den Ort verraten hat, und den Rest kennst du ja.

Logan nickte etwas nervös, als er seine Neun-Millimeter-Pistole zog, Richard tat es ihm gleich, und mit festen Schritten näherten sie sich dem kleinen Lagergebäude. Auf den ersten Blick gab es nur einen Eingang an der Vorderseite und wahrscheinlich einen weiteren an der Rückseite. Aber sie bemerkten sofort, dass die vorderen Metalltüren mit altem Schweiß völlig verschlossen waren, also gingen sie durch die Hintertür hinaus. Am Anfang des ersten Stocks war alles dunkel. Im ersten Stock gab es keine Geräusche, alles war ruhig. Aber die, die eintraten, sollten in den oberen Stockwerken sein. Trotzdem lugten sie langsam heraus und machten die ersten Schritte ins Innere. Im ersten Stock gab es nichts, nur Unrat. Sie wollten nicht mit ihren Lampen in die Wohnung leuchten, für den Fall, dass es noch mehr waren und sie alarmierten, aber es lag eine gewisse Unsicherheit und Angst in der Luft. Sie wussten nicht, ob der Mörder bewaffnet war, aber er war eindeutig gefährlich, und wahrscheinlich war er es auch, also mussten sie vorsichtig sein.

Sie erreichten die Mitte des Gebäudes, genau dort, wo die Metalltreppe zum ersten Stock begann. In diesem Moment wurden sie durch ein Geräusch alarmiert. Es war, als ob jemand auf der zweiten Etage auf etwas hämmerte. Logan flüsterte in diesem Moment etwas alarmiert;

-Glaubst du, dass das...? - Richard sagte nichts und begann langsam die Treppe hinaufzusteigen, die von unten bestenfalls wie zwanzig Betonstufen mit Metallkanten aussah. Er schluckte schwer und begann sich vorsichtig zu bewegen, wobei er versuchte, so wenig Lärm wie möglich zu machen. Er wusste, dass es für denjenigen, der oben war, kein Entrinnen gab, er musste entweder dort sterben oder aufgehalten werden. Er würde nicht zögern zu schießen, wenn sie angegriffen würden. Er wollte Gerechtigkeit walten lassen, wie es das Gesetz vorschrieb. Wäre es ein anderer Verbrecher gewesen, wäre er dort hingerichtet worden. Aber dieser Fall war sehr medienwirksam, und sie mussten den Täter festnehmen, um der Stadt psychologisch eine Botschaft der Sicherheit zu vermitteln.

Gerade als er die halbe Treppe hinaufgehen wollte, hörte das Hämmern auf. Beide Herzen schlugen schneller, da sie bereits von der Situation, die es bedeutete, überwältigt waren. Sie wussten, dass sich jemand im oberen Stockwerk bewegte. Dann ertönte das Geräusch einer Metallstange und einiger Werkzeuge, aber kein menschliches Geräusch deutete darauf hin, dass noch mehr Leute bei dem Thema waren. Richard befürchtete inzwischen das Schlimmste, nämlich dass sie zu spät kamen und das Opfer tot war. Also machte er sich mit besonderem Mut daran, die nächste Stufe zu erklimmen. Und als er es eine Minute später geschafft hatte und fast unten angekommen war, schaute er auf. Ein Mann mit schwarzer Mütze, der ihm den Rücken zugewandt hatte, stand in der Finsternis und manövrierte direkt über einer Frauenleiche, die durch das Mondlicht, das frontal auf das Fenster traf und die Szene grell beleuchtete, zu sehen war. Der Mann mit der schwarzen Mütze bemerkte die Besucher an den länglichen Schatten, die das Satellitenlicht auf dem Boden reflektierte. Er drehte sich nicht plötzlich um, sondern erstarrte für eine Sekunde. In diesem Moment rief Richard mit Autorität:

-Keine Bewegung, die Hände dahin, wo ich sie sehen kann", rief Richard in festem Ton, während er eine Waffe auf den Kopf des ganz in Schwarz gekleideten Mannes richtete. Logan sah sich in der Düsternis des Raumes um, ob sich noch mehr in den Ecken befanden, und als er sicher war, dass niemand mehr da war, sagte er Sekunden später passiv:

- Nehmen wir die Hände hoch.

Aber der Mann ignorierte es, versuchte aber auch nicht zu fliehen. Offensichtlich wusste er, dass er in Schwierigkeiten steckte. Nachdem er ein paar Sekunden lang stillgestanden hatte, sagte er mit heiserer Stimme:

-Kommen Sie, Agenten, machen Sie es nicht noch schwieriger, wie viel Geld wollen Sie?

Sofort sagte Richard. -Ich werde schießen müssen, wenn Sie sich nicht ausweisen und die Hände hochnehmen... drehen Sie sich mit erhobenen Händen um.

Doch kaum hatte er diesen Befehl vernommen, hob er die Hände, nahm seine Mütze ab und sagte in leisem Ton, aber mit prahlerischer Miene zu sich selbst: - Ich bin der Präsident der Vereinigten Staaten, Mr. Bill Sander, und er sah ihnen in die Augen mit einem Gesichtsausdruck, der so gar nicht zu jenem edlen, fast betagten Präsidenten passte, der in seinen Reden Gelassenheit und Einfühlungsvermögen für alle ausstrahlte. Er sah sie einige Sekunden lang an und lächelte wie ein blutiger Psychopath, während frisches Blut von seinen Händen auf den Boden tropfte und den Schrecken der Szene noch verstärkte. Hinter seinem Rücken lag der unbekleidete Körper einer höchstens dreißig Jahre alten Frau, die völlig vergewaltigt und gefoltert wurde, und die Szene zeigte nur das Vorspiel, als er gerade dabei war, den Metallstab in ihren Anus einzuführen, während sich das Mädchen in der Sexstellung Doggy Style befand.

Richard war fassungslos, als er ihn von Angesicht zu Angesicht sah. Er konnte es nicht glauben. Es war wie ein Traum. Es war undenkbar, dass der Chef der Exekutive so etwas tat, und er konnte es nicht einmal mit ansehen. Aber dann sagte der Präsident.

-Ich bin ihr Boss, sie können mich nicht aufhalten, sie wissen, dass ich, wenn ich es will, den Geheimdienst rufen und sie anklagen kann", antwortete er zynisch. Logan sah seinen Partner ängstlich an und rief mit leiser Stimme: "Hey Richard, er hat Macht, es ist eine Gefahr, ihn aufzuhalten, lass uns hier verschwinden.

-.... Es ist mir egal, ob er der Präsident ist...er ist ein sexkranker Bastard...ansonsten...werde ich ihn aufhalten.

-Ich bin Anwalt, bevor ich Präsident bin, und wenn ich dich anklage, könntest du den Rest deines Lebens in einer Zelle verbringen oder hier von meinen Jungs getötet werden... Ich nehme einfach das Telefon in meiner Tasche und sage ihnen, dass ich von zwei Agenten mit einem Mädchen entführt wurde und sie die Schuldigen sind. Sie denken, sie können es mit dem mächtigsten Mann der Welt aufnehmen", entgegnete ich zynisch und lächelte nervös, aber immer noch völlig ungeniert.

-Wenn Sie Ihre Hände auf Bill legen und versuchen, Ihr Telefon zu nehmen, werde ich Sie erschießen, niemand steht über dem Gesetz, nicht einmal Sie, also werden Sie vor Gericht gestellt.

Als er sah, dass Richard weder für Geld noch für eine bessere Position, die der Chef vorschlug, nachgab, rief er in wütendem Ton: "Ihr Arschlöcher... Ich sehe, dass ihr nicht kooperieren wollt, gut.

Der Präsident wusste, dass es Dinge gab, die er nicht erklären konnte, selbst wenn er noch so mächtig war, und dass sein Alibi außer Kontrolle geraten konnte, wenn die Medien davon erfuhren. In seiner Verzweiflung dachte er, dass seine gesamte politische und persönliche Karriere zusammenbrechen würde und er von einem unbescholtenen Mann zu einem bösen, Frauen vergewaltigenden Mörder werden würde. Deshalb wurde er brutal verzweifelt.

-Warum hat er das getan? -, fragte Richard plötzlich.

-Der Präsident warf ihm einen flüchtigen Blick zu, dann senkte er resigniert den Kopf. Inzwischen dachte er, er könne die letzte Karte ausspielen und versuchen, den Anruf zu tätigen, und vielleicht würden seine Jungs ankommen und die beiden Inspektoren töten, das Problem war nur, ob sie ihn ließen.

-Inspektor, ich sehe, Sie sind aufrecht und ehrlich, ich gratuliere! -Dann hielt er inne, und als er sich Logan nähern wollte, um ihm Handschellen anzulegen, rief er:

-Warte, warte, in Ordnung, ich werde kooperieren, aber...", sagte er, hielt wieder kurz inne und gestand. - Ich habe es aus Hass getan... Ich fühle einen Hass auf sie, ich weiß nicht, wie ich es erklären soll, der Dämon kommt in der Nacht, er übernimmt meinen Verstand... und ich wusste, dass es schwierig war, Präsident zu sein und es durchzuziehen.

-Was? - sagten beide Detektive im Chor, wobei das Geständnis zweifellos viel über seine makabren Pläne und auch über seine Vergangenheit aussagte.

— Sie meinen, verdammt, das sind nicht die einzigen,
die Sie in Kolumbien ermordet haben, Sie haben ...

Der Präsident unterbrach ihn - ja.

-seit wann? -fragte der Detektiv.

Ich weiß nicht... Ich glaube, seit ich vor etwa sechsundzwanzig Jahren Anwalt geworden bin.

Diese Antwort ließ sie beide erstarren.

-Wie viele hat er getötet? -fragte Logan zögernd.

-Ich weiß nicht, rechne mal nach", antwortete er kalt und zynisch. Vielleicht war das seine wahre Persönlichkeit, die er der Öffentlichkeit nicht zeigte, und es war alles nur eine Illusion seiner Mythomanie. -Wissen Sie, meine Stiefmutter hat mich als Kind gerne auf ihre Weise gedemütigt und gequält, und vielleicht... war das etwas, das all das in mir ausgelöst hat, ich weiß es nicht, aber ich denke nicht viel darüber nach. Ich genieße es, du kannst die Schlampe sehen. -Er zeigte auf den Rücken, wo man einen kaum sichtbaren Körper sehen konnte. -Es wird zu einem Laster, und ja, trotz meines Hasses auf sie missbrauche ich sie, um meinen Hass zu kompensieren, es ist die einzige Möglichkeit, mich zu beruhigen, es ist wie eine Droge....

-Aber warum erst jetzt, Mr. Bill? Ich meine, Sie haben früher in Illinois gelebt, und soweit ich weiß, hat es dort noch nie einen Frauenmord dieser Art gegeben... Sie sind seit fast zwei Jahren im Amt, und das ist das erste Mal, dass ich in Columbia Morde dieser Art sehe...

Er antwortete ein paar Sekunden lang nicht, dann sagte er: "In Illinois war es viel einfacher. Als ich Präsidentschaftsinspektor werden wollte, habe ich darüber nachgedacht, diese Psychopathie zu verlassen. Aber ich weiß sehr gut, ich weiß, dass diese Sache, die ich habe, etwas ist, dem ich unmöglich widerstehen kann, menschlich gesehen kann ich das nicht. Sie wissen nicht, wie oft ich versucht habe, nicht zu morden, aber... es ist ein Gefühl von unbändigem Hass", sagte er, erhob seine Stimme und hob eine Hand, rieb sich wie in Verzweiflung das Gesicht und fuhr sich dann durch die Haare. Und er hielt sie dort, wie es ihm befohlen worden war.

- In Illinois hat er sie begraben, in den kleinen Bezirken außerhalb der Stadt Springfield, wissen Sie, schöne junge Mädchen, und in all den Jahrzehnten haben sie nie etwas geahnt.

-Sie sind ein Monster! Ich habe nicht einmal eine Definition für Sie", antwortete der Hauptkommissar bestürzt.

- Ich bin nicht auf der Suche nach diesem Inspektor, geschweige denn nach Ihrer Zustimmung, aber wissen Sie... Na gut, ich komme mit Ihnen, das ist alles, was ich heute sagen werde, die gesamte Erklärung, die ich vor dem Richter abgeben werde.

- Mr. Bill, alles, was Sie von jetzt an sagen, wird für oder gegen Sie verwendet werden, also halten Sie die Hände hoch. Wir werden die Polizei und die Spurensicherung einschalten. Sie sind verhaftet wegen des mutmaßlichen Mordes an einer Person im Hintergrund und des Todes anderer Verdächtiger", sagte der Inspektor, als er sich ihm näherte. Doch drei Meter vor ihm sagte der Vorsitzende mit erhobener Stimme. - Moment mal, da ist noch eine andere Person.

Richard hielt einen Moment inne und fragte, ohne nachzudenken. - Wer war es?

- Der Chef des Geheimdienstes. Er ist wahrscheinlich derjenige, der ihm die Informationen gegeben hat, er ist ein verdammter Verräter.

Richard dachte an Artur. - Artur war damals kein Wächter, er war es, der...".

- Er hat wahrscheinlich mit Ihnen gesprochen und es Ihnen gesagt. Ich will ehrlich sein, ich habe von jemandem Verrat erwartet, aber weniger von ihm. Ich sage dir, er war auch in das erste Opfer verwickelt. Vielleicht hatte er Gewissensbisse und..., aber wissen Sie", fuhr er mit einer außergewöhnlichen Gelassenheit für solche Schuldgefühle fort, dass selbst der Detektiv verblüfft war. Und für das, was kommen würde, sah er ziemlich ruhig aus.

-Der Chef des Geheimdienstes heißt Ron Brown, und ich habe ihm das unter Drohungen vorgeschlagen, aber er hat dann gerne zugestimmt. Ich gab ihm mehrere tausend Dollar im Monat, damit er mir erlaubte, das Weiße Haus unbemerkt zu verlassen. Er versorgte mich mit mehreren Autos, Werkzeugen. Und Orte. Er begleitete mich immer, na ja, er fuhr in einem anderen Auto mit, um auf mich aufzupassen, Sie wissen ja, in einer so großen Stadt besteht immer Gefahr. Also hat er ihm wahrscheinlich von diesem Ort erzählt.

Richard schauderte, denn er hatte von Anfang an geahnt, dass dieser Kerl etwas im Schilde führte, und er steckte offensichtlich auch mit drin.

- Nun, Herr Richard, meine Frau ist das Einzige, was ich für das Leid, das ich ihr zufügen werde, bedaure. Zum Glück hatten wir nie Kinder, die unter dem leiden mussten, was bald kommen wird. Nun denn, Detectives...

Als er resigniert und besiegt dalag, lief Bill Sander direkt auf das große, ungeschützte Fenster hinter ihm zu und stürzte sich ins Leere. Richard konnte ihn nicht aufhalten, rief aber sofort die Polizei, die am Tatort eintraf.

Die Leiche des Präsidenten lag ohne Lebenszeichen auf dem Boden, als die beiden Detektive unten ankamen. Sie hätten angeklagt werden können, wenn es keine Beweise gegeben hätte, aber glücklicherweise stimmten die vergleichenden DNA-Beweise, die auf der Leiche der ersten Opfer gefunden wurden, mit Bill Sanders Haaren überein, ebenso wie die zahlreichen Fingerabdrücke, die überall in dem Bereich gefunden wurden, in dem er die Leichen mehrerer Opfer gefoltert hatte, sowie die überzeugenden Beweise für frische Samenspuren auf dem letzten Opfer. Ron Brown, der ihm alles verraten hatte und sich Richard gegenüber als Artur ausgab, wurde Wochen später verhaftet und wegen der Beteiligung an der Vergewaltigung von Karla Davison zu lebenslanger Haft verurteilt, obwohl er sich der Tat schuldig bekannte und später einige DNA-Spuren im Keller entdeckt wurden.

Die Ablehnung, die Welle des Ekels und der Abscheu gegenüber der Figur des Präsidenten ließ nicht lange auf sich warten. Es war zweifellos ein historisches Ereignis für einen Präsidenten und eine politische Figur in der Welt. Richard wurde als Sicherheitsstaatsanwalt des Staates Washington für seine großartige Arbeit im öffentlichen Dienst und für die Aufklärung des Verbrechens des Fremden, wie der Fall ursprünglich genannt worden war, ausgezeichnet.

Ein paar Tage später fuhr Richard in seinem 1988er Camaro durch Texas. Er raste die einsame Straße hinunter, im Radio lief: "The Everybody Hurts" von R.E.M. Als er das Lied summte, sah er plötzlich in der Ferne ein Mädchen trampen, er schaute in den Rückspiegel und lächelte ein wenig, dann war er bereit anzuhalten. Das Mädchen hatte blondes Haar und ein breites Lächeln, es würde also eine schöne Reise nach Houston werden, wo ihr Ziel war, dachte sie.

Nachrichten Houston Texas 12 Stunden später 9 Uhr

Weitere Nachrichten: Eine junge Frau wurde ermordet im Gebüsch aufgefunden, ihre Leiche wurde vergewaltigt und brutal gefoltert. Die Polizei geht davon aus, dass es sich um einen Fall von Menschenhandel handelt, die Ermittlungen beginnen...

Zitat

"In der Dunkelheit der Nacht herrscht in der Nachbarschaft eine unheimliche Stille. Die menschenleeren Straßen werden zur Bühne für einen makabren Tanz. In den Schatten lauert ein blutrünstiger Serienmörder, dessen Name und Gesicht für alle ein Rätsel ist. Heimlich und berechnend verfolgt der Mörder seine Opfer und wählt sorgfältig diejenigen aus, die am wenigsten von ihrem schrecklichen Schicksal ahnen. Seine Schritte folgen einer unheimlichen Choreografie, er verfolgt seine Beute mit der Gewissheit, dass niemand sicher ist. Die Behörden sind ratlos und können die Identität des Monsters, das in der Dunkelheit lauert, nicht feststellen. Währenddessen wird die Stadt in Angst und Schrecken versetzt, jede Ecke wird zur Todesfalle und jeder Blick birgt Gefahr. Die Einwohner leben in Angst, ohne zu wissen, wann und wo der nächste Angriff erfolgen wird. In diesem makabren Tanz des Blutes und des Grauens fragt sich jeder, wer der nächste sein wird, der in die Fänge des gesichtslosen Serienmörders gerät, und stürzt sich in einen unerbittlichen Schrecken, der keinen Aufschub duldet.

Ende

9 798223 538240